COLLECTION FOLIO

Antoine de Saint-Exupéry

Lettre
à un otage

Notice de Françoise Gerbod

Gallimard

Antoine de Saint-Exupéry naît à Lyon le 29 juin 1900, troisième de six enfants. Après une scolarité dans des instituts religieux où il se montre un élève indiscipliné, il échoue successivement à l'École navale et à Centrale avant de s'inscrire aux Beaux-Arts. En 1921, à l'occasion de son service militaire, il passe son brevet de pilote et devient pilote à la Compagnie aérienne française, puis chez Latécoère où il est responsable des premiers longs-courriers. Envoyé au Maroc à Cap Juby, escale de la ligne Casablanca-Dakar, il découvre le désert. Son premier roman, *Courrier Sud*, est publié en 1928. L'année suivante, Saint-Exupéry devient directeur de l'Aeroposta Argentina à Buenos Aires où il rencontre Consuelo Suncin qu'il épouse en 1931. Cette même année, il reçoit le Prix Femina pour son roman *Vol de nuit* et démissionne de l'Aéropostale. Devenu grand reporter à *France-Soir*, il est envoyé en Russie puis en Espagne en 1936. Mais dès 1937, il revient à l'aviation et assure la liaison Casablanca-Tombouctou. Rescapé d'un grave accident, il se consacre à l'écriture. *Terre des hommes* en 1939 lui vaut le Grand Prix du roman de l'Académie française. Lorsque survient la guerre, il reprend du service malgré son état de santé, mais se voit démobilisé à Alger en 1940, atteint par la limite d'âge. Il part pour New York et écrit *Pilote de guerre*, qui paraît simultanément en France et aux États-Unis, puis il s'attelle à un grand ouvrage, *Citadelle*, qui rassemble les méditations de toute une vie et ne paraîtra qu'en 1948. En 1943, il publie *Le Petit Prince* et *Lettre à un otage*. Il parvient à s'engager dans les forces aériennes françaises avec le grade de commandant. Le 31 juillet 1944, il effectue une mission de reconnaissance en direction de la vallée du Rhône. Il n'en revient pas.

Écrivain humaniste et engagé, toujours en quête d'absolu, Antoine de Saint-Exupéry a laissé une œuvre forte et exigeante. Il disait : « Pour moi, voler ou écrire, c'est tout un. »

Lisez ou relisez les livres d'Antoine de Saint-Exupéry en Folio :

TERRE DES HOMMES (Folio n° 21)

PILOTE DE GUERRE (Folio n° 824)

COURRIER SUD (Folio n° 80)

VOL DE NUIT (Folio n° 4)

ÉCRITS DE GUERRE (1939-1944) (Folio n° 2573)

LETTRES À SA MÈRE (Folio n° 2927)

LE PETIT PRINCE (Folio n° 3200 et Folioplus collège n° 22)

CARNETS (Folio n° 3157)

CITADELLE (Folio n° 3367)

NOTICE

En octobre 1940, Saint-Exupéry se rend dans le Jura, à Saint-Amour, où s'est réfugié Léon Werth. Celui-ci lui confie le manuscrit d'un récit de l'exode, intitulé Trente-trois jours, que Saint-Exupéry emportera aux États-Unis. Saint-Exupéry était chargé de rédiger une préface pour ce livre et de le faire éditer. Un contrat est signé avec Brentano's. Les épreuves de la préface sont prêtes — sous le titre «Lettre à Léon Werth» qui remplace le titre initial «Lettre à un ami» —, et Galantière la traduit pour le Collier's Magazine. Mais Trente-trois jours ne paraîtra pas. Saint-Exupéry avait-il des réticences face à ce texte, dont le ton parfois cruel — Werth voit déjà, dans certains des personnages rencontrés, la collaboration en marche — contraste avec sa propre volonté d'unité, son désir de ne blesser personne dans cette France occupée qui souffre ? Lui-même donnera de la débâcle une version plus sensible dans un chapitre de Pilote de guerre, où il fait allusion au livre de Léon Werth à travers une anecdote qui est, d'une certaine manière, une réponse à Trente-trois jours. Quant à la préface, longuement mûrie, elle deviendra la Lettre à un otage qui paraîtra, de façon indépendante, en juin 1943. Le grand éloge de Léon Werth et les références à son nom ont été supprimés. Werth garde secrètement son identité, mais il représente désormais la France qui souffre sous l'occupation allemande.

Werth semble avoir été essentiel dans la formation intellectuelle de Saint-Exupéry. Werth confie : « Nous n'étions point liés par des idées ou des doctrines empruntées au-dehors. Engagés sur des routes opposées, nous nous rencontrions toujours, alors que chaque pas devait nous éloigner l'un de l'autre. » Et il cite une lettre de Saint-Exupéry reçue pendant la guerre : « Je crois que je comprends les choses un peu comme vous… Et j'ai souvent de longues discussions avec moi. Et je ne suis pas partial, je vous donne presque toujours raison. »

L'émotion personnelle de Saint-Exupéry, en communion avec son ami, nourrit toujours un texte devenu symbolique. Saint-Exupéry continue à y tutoyer son ami « otage », mais à travers lui, c'est à l'ensemble de ses compatriotes restés en France qu'il s'adresse.

La Lettre à un otage *se fonde sur des moments réels de la vie de Saint-Exupéry : son passage au Portugal en décembre 1940, son séjour au Sahara, ses reportages en Espagne au cours de la guerre civile, sa situation aux États-Unis.*

En ouverture, l'évocation du Portugal qui, en décembre 1940, s'étourdissant d'un bonheur factice, se tient en marge d'une guerre qui pourtant le menace, donne le ton du désespoir qui marque, en ces années 1942-1943, ce que dit et ce qu'écrit Saint-Exupéry.

La tristesse est le leitmotiv de ces pages. L'ombre de la guerre y est associée à la mort de Guillaumet, intervenue au moment du passage de Saint-Exupéry au Portugal, à travers l'évocation métaphorique d'une famille qui refuse de porter le deuil. Bombardiers, canons, ferraille obsèdent l'imagination. La nuit épaisse des villes d'Europe nie le rayonnement artificiel de la capitale du Portugal.

La tristesse, c'est aussi la présence des réfugiés. La Lettre à un otage *est marquée par l'angoisse et le remords d'avoir quitté son pays alors que les siens souffraient sous l'occupation allemande ; que son ami Léon Werth, juif, était menacé. Saint-Exupéry, lorsqu'il était parti en décembre 1940 pour les États-Unis, avait l'intention d'y rester quelques semaines ; il y séjourna deux ans et demi. Il relit ce séjour portugais de 1940 comme introduisant à une sorte de désertion, au risque de décomposition de sa personnalité. Ce qu'il* craint par-dessus tout, c'est la perte des repères — les amis, la maison : « […] je ne veux pas être un émigrant. » Certes, il ne se confond pas avec les réfugiés rencontrés à Estoril, ou les passagers du paquebot en route vers l'Amérique, « qui s'expatriaient loin de la misère des leurs pour mettre à l'abri leur argent ». Mais il se projette en eux : n'a-t-il pas, à sa manière, fui la misère des siens ? Ne s'est-il pas mis à l'abri ?

La question posée, à la fin de la première partie du texte, va bien au-delà des seuls réfugiés : « Comment se reconstruire ? Comment refaire en soi le lourd écheveau de souvenirs ? » Il s'agit d'une question éminemment personnelle, à laquelle l'ensemble de la lettre va tenter de donner une réponse. Mais déjà, dans les dernières lignes de ce fragment, l'évocation de l'amitié dessine une solution : le « besoin » que les hommes ont les uns des autres peut donner sens à leur vie. Un homme à qui « personne » ne fait appel manque de l'essentiel.

La deuxième partie fait du Sahara le lieu

symbolique où, dans le silence, tout se polarise. L'évocation du Sahara est purifiée de toute anecdote. On voit apparaître dans les brouillons la tentation d'introduire dans le texte des récits du type de ceux de Terre des hommes. Saint-Exupéry gomme ces récits, pour utiliser le désert dans sa géographie concrète et sa réalité spirituelle. L'articulation avec la première partie est clairement marquée : le désert véritable, c'est celui du « paquebot grouillant de passagers ». Le désert géographique, au contraire, permet de réorienter sa vie. Le silence du désert, accordé aux variations des heures et du climat, aux complots mystérieux que l'on pressent, est évoqué dans un long paragraphe, où le mot de « silence » lui-même forme refrain... L'homme du désert est « vivifié par le champ des forces qui tirent » sur lui, figure des « directions invisibles » qui animent toute vie intérieure.

À la fin de ce chapitre entre en scène le personnage essentiel, non nommé, mais précisément désigné : cinquante ans, juif. On sort ici de la représentation symbolique pour évoquer une situation concrète, celle de Léon Werth, réfugié à Saint-Amour, dans le Jura, « abrité en secret par le beau rempart de silence des paysans de son village », et conclure sur une formule elle-même hautement symbolique, qui souligne le contraste entre Lisbonne et le Sahara, première articulation musicale de la Lettre à un otage : « Le Sahara est plus vivant qu'une capitale et la ville la plus grouillante se vide si les pôles essentiels de la vie sont désaimantés. »

Chacun des fragments qui composent ce texte orchestre le regret, le désir de fonder à nouveau, pour l'avenir, une civilisation qui permettrait « une certaine qualité des relations humaines ». C'est pourquoi le centre en est la troisième partie, consacrée au déjeuner de Fleurville, instant capital qui associe la tendresse de l'amitié et la lumière d'un paysage, état qui se traduit par un échange de sourires et auquel est rattachée l'image de la patrie — alors lointaine. Déjà, en février 1940, écrivant à Léon Werth, Saint-Exupéry rappelait ces moments « miraculeux » de Pâques 1939 : « Léon Werth, j'aime boire avec vous un Pernod sur les bords de la Saône, en mordant dans du saucisson et du pain de campagne. » Pour lui, c'est la plénitude, la paix… De son côté, Léon Werth, dans son Journal du 22 février 1943, évoque la responsabilité de chacun dans la civilisation : « Quelle est, à cette minute, mon espoir ? La terrasse de l'auberge de Fleurville. La Saône, au lointain s'élargit, semble sans bornes, se mêle à l'horizon, à un rideau d'arbres pâles. On déjeune d'une friture de poissons, et d'un poulet à la crème. Reverrons-nous ensemble, Tonio, l'auberge de Fleurville ? Y retrouverons-nous notre civilisation ? »

Au même moment, les deux amis séparés symbolisent de même manière semblable un instant qui leur paraît représenter une civilisation disparue dans la guerre et dont ils espèrent la renaissance.

Le lien avec l'évocation du Sahara dans le

chapitre II est établi par le rappel des sauvetages qui s'y déroulèrent au temps où Saint-Exupéry était chef d'escale à cap Juby. Ici encore, l'anecdote revêt un caractère symbolique. Le partage de l'eau est plus important que l'aventure individuelle de l'aviateur perdu dans le désert. Il est nommé « plaisir de convive » rappelant ainsi le déjeuner de Fleurville de la troisième partie. Ce qui unifie l'ensemble, c'est bien le sourire, qui constitue une patrie, une Église.

La cinquième partie est la seule à avoir été entièrement réécrite. Le premier état dactylographié, qui ne porte aucune correction, laissait supposer que tout était alors prêt pour les épreuves de la « Lettre à Léon Werth ».

Le jeu d'échos que cette cinquième partie entretient avec le reste du texte est extrêmement subtil. Saint-Exupéry a renoncé au « climat du sourire » lié aux trois « anecdotes poétiques » qui nourrissent les parties précédentes. Il met en valeur la « qualité » — de la joie et des relations humaines — qui fonde une civilisation

17

que la « quantité » (besoins matériels, prospérité, confort) ne saurait combler. Cette « qualité » était aussi celle du plaisir goûté au bord
de la Saône. Les heures de « miracle » évoquent
l'épisode espagnol, les « simples rencontres »
qui se changent en « fêtes merveilleuses »,
aussi bien que le déjeuner de Fleurville, les
sauvetages du Sahara. Le « voyageur qui
franchit sa montagne dans la direction d'une
étoile » fait écho à ces figures de voyageur qui
traversent le texte, l'homme en marche que
Saint-Exupéry voudrait être, celui qui a un
but, le contraire même de l'émigrant, fustigé
dans l'épisode portugais. L'« étoile » qui le
polarise est celle-là même à laquelle le paysage
saharien donnait une forme poétique et symbolique. Les « ténèbres » du monde moderne
renvoient à la nuit d'Europe, qui menace l'ar-
tifice de la fête portugaise.

Les dernières images, celles de la chaleur que
l'on recherche, et du feu vers lequel on marche,
avatar de l'étoile, seront reprises dans la der-
nière partie, où l'amitié figure le meilleur

exemple possible du « respect de l'homme », en
un retour au mouvement premier de la « Lettre
à Léon Werth ».

Les relations entre Saint-Exupéry et Werth,
alors même que le nom de Werth n'y est plus
désormais prononcé, n'en organisent pas
moins la première partie du sixième chapitre.
Elles répondent à l'angoisse exprimée dans le
premier chapitre : « Quelle merveille que ce télé-
gramme qui […] vous fait lever au milieu de
la nuit […] : "Accours ! J'ai besoin de toi !" »
La formule de l'amitié, c'est celle de la recon-
naissance mutuelle : « Si je diffère de toi, loin
de te léser, je t'augmente. » À travers cet éloge
de l'ami et de l'amitié, Saint-Exupéry laisse
percevoir le désarroi qui est le sien, à New
York, en 1943. Il confie sa lassitude, son refus
d'être jugé, demande l'indulgence, la compré-
hension, souhaite être reconnu. Il avoue la
possibilité de « mots maladroits », de « raison-
nements qui [le] peuvent tromper ». Une
image sensible résume ces confidences : « Si
j'accueille un ami à ma table, je le prie de s'as-

seoir, s'il boite, je ne lui demande pas de danser. » Sa demande est d'être accepté tel qu'il est.

D'où la force émotive qui caractérise le discours sur l'amitié — « feu », « chaleur », « sommet où l'on respire ».

Léon Werth devient le symbole du Français vivant sous l'occupation allemande — queue devant l'épicerie, « manteau râpé », « péril de mort » —, que les Français de l'extérieur doivent libérer. Le seul rôle des « Français du dehors » est de combattre pour « faire libres » dans leur terre les hommes de la France occupée, qui doivent alors prendre en main, eux-mêmes, leur destin.

La fin du texte — à partir de « C'est toujours dans les caves de l'oppression que se préparent les vérités nouvelles » — reprend presque textuellement le début de la « Lettre aux Français », de manière un peu plus brève. La Lettre à un otage, à travers et au-delà de Léon Werth, s'adresse aux Français de France ; l'adresse générale de la « Lettre aux Français » devient alors le « vous » qui s'adresse directe-

20

ment aux otages, comme le « tu » à Léon Werth. Le mot « otage », déjà utilisé dans la « Lettre aux Français », devient ici le mot titre. La formule qui oppose les deux catégories de Français — « Il n'est pas de commune mesure entre le métier de soldat et le métier d'otage » est ici isolée et mise en valeur par sa position conclusive, ainsi que l'adresse « Vous êtes les saints », qui reprend de manière plus incisive le « Ceux de là-bas sont les seuls véritables saints » de la « Lettre aux Français ».

S'ouvrant sur la volonté de fuir la guerre et sur l'émigration, le texte s'achève sur la perspective du combat libérateur, et la solidarité avec les Français restés en France.

Si les images des « tendresses particulières » peuplent les chapitres I et II, et surgissent à nouveau au début du chapitre IV, la rencontre de Fleurville constitue une charnière : moment d'amitié partagée, elle symbolise aussi, à travers la rencontre avec les deux mariniers allemand et hollandais, dont on sait qu'ils ont fui le nazisme, mais dont on ignore s'ils sont communistes, trotskystes, catholiques ou juifs, l'entente universelle. Cette rencontre justifie l'incantation unitaire des trois dernières parties : «Nous nous rejoignons [...] au-dessus des langages, des castes, des partis»; «Nous reconnaissons comme nôtres ceux mêmes qui diffèrent de nous»; «Je sens tout le prix d'une communauté qui n'autorise plus les litiges.»

À travers ces évocations d'un passé si fortement marqué par le présent, l'angoisse d'être coupé de ses racines, la figure réelle et poétique de l'ami — «cas limite» en qui s'incarnent à la fois l'inquiétude que Saint-Exupéry ressent pour ses compatriotes restés en France et l'espoir qu'il met en eux —, c'est l'amour de la France qui donne au texte de la Lettre à un otage son pouvoir d'émotion. «De quels événements secrets sont donc pétries les tendresses particulières et, à travers elles, l'amour du pays ?» se demande Saint-Exupéry, avant de relater l'événement essentiel que constitue le déjeuner de Fleurville.

On ne saurait imaginer plus belle déclaration d'amour. Seule la pensée de Léon Werth vivant dans son village de France peut lui donner corps. Seule son amitié peut faire qu'il ne soit plus un émigrant, mais un voyageur. C'est là le thème central de la Lettre à un otage. L'émigrant n'a plus de racines. Le voyageur, même s'il se trouve temporairement hors des frontières de son pays, reste orienté vers lui par toutes ses affections.

Aussi la figure, devenue symbolique, de Léon Werth, hante-t-elle la Lettre à un otage, représentant les quarante millions d'otages qui vivent dans la nuit de l'Occupation. Les allusions à l'actualité qui donnaient à la «Lettre aux Français» un enracinement politique disparaissent ici derrière l'émotion. Même si l'on suppose que le débarquement en Afrique du Nord a ouvert au combattant la possibilité d'un espoir — c'est son combat futur pour la délivrance des «otages» qu'il évoque à la fin du texte —, c'est surtout le silence dans lequel l'occupation totale de la France a plongé son pays qui apparaît ici. La

23

Lettre à un otage *ne contient aucune allusion au régime de Vichy, aucune critique de la volonté de pouvoir gaulliste, mais une compassion émouvante pour ceux auxquels le nazisme impose son ordre. Certes, la crainte de nuire à ceux qui sont restés en France a pu le conduire à modérer sa réprobation; et c'est certainement la peur d'attirer l'attention sur Léon Werth, qui l'a amené à gommer dans tout son texte le nom de son ami. Une version antérieure disait qu'il était «le plus français des Français parce qu'Israélite». Ici, on le dit «deux fois en péril de mort, parce que français, et parce que juif». Mais, au lieu de mettre en question les lois antijuives, Saint-Exupéry condamne les «litiges».*

L'intérêt de ce texte ne réside donc pas dans une condamnation de l'intolérance politique, mais dans la volonté de survie dont Saint-Exupéry fait preuve, en ce début d'année 1943. Contrairement aux émigrants du Portugal, il revendique un avenir. C'est la per-

24

sistance d'un passé vécu, de la « maison des souvenirs », qui attache si profondément Saint-Exupéry à son pays. Mais c'est surtout l'attente d'un avenir pour des hommes dont « l'ascension n'est pas achevée » qui marque ce texte désespéré et pourtant plein d'espoir pour une France où, contrairement aux émigrants, il espère revenir.

Cette vision de la possibilité d'un retour positif, dans un pays libéré, donne son élan au chapitre V. Certes, il y aura encore des déceptions pour Saint-Exupéry en Afrique du Nord. Mais la volonté de retrouver son être en retrouvant les pôles qui l'orientent est si puissante, elle donne à la volonté de libérer son pays une implication si fortement personnelle, qu'on peut douter de la réalité de son désir, parfois affirmé nettement, d'en finir avec la vie. L'amour qu'il éprouve pour son pays est le « feu » qui lui permet d'exister.

I

Quand en décembre 1940 j'ai traversé
le Portugal pour me rendre aux États-
Unis, Lisbonne m'est apparue comme
une sorte de paradis clair et triste. On y
parlait alors beaucoup d'une invasion
imminente, et le Portugal se crampon-
nait à l'illusion de son bonheur. Lisbonne, qui avait bâti la plus ravissante
exposition qui fût au monde, souriait
d'un sourire un peu pâle, comme celui
de ces mères qui n'ont point de nouvelles d'un fils en guerre et s'efforcent de
le sauver par leur confiance : « Mon fils
est vivant puisque je souris... » « Regar-
dez, disait ainsi Lisbonne, combien je
suis heureuse et paisible et bien éclai-

rée… » Le continent entier pesait contre le Portugal à la façon d'une montagne sauvage, lourde de ses tribus de proie; Lisbonne en fête défiait l'Europe : « Peut-on me prendre pour cible quand je mets tant de soin à ne point me cacher ! Quand je suis tellement vulnérable !… »

Les villes de chez moi étaient, la nuit, couleur de cendre. Je m'y étais déshabitué de toute lueur, et cette capitale rayonnante me causait un vague malaise. Si le faubourg d'alentour est sombre, les diamants d'une vitrine trop éclairée attirent les rôdeurs. On les sent qui circulent. Contre Lisbonne je sentais peser la nuit d'Europe habitée par des groupes errants de bombardiers, comme s'ils eussent de loin flairé ce trésor.

Mais le Portugal ignorait l'appétit du monstre. Il refusait de croire aux mauvais signes. Le Portugal parlait sur l'art avec une confiance désespérée. Oserait-on l'écraser dans son culte de l'art ? Il avait sorti toutes ses merveilles. Oserait-on l'écraser dans ses merveilles ? Il montrait ses grands hommes. Faute d'une armée, faute de canons, il avait dressé contre la ferraille de l'envahisseur toutes ses sentinelles de pierre : les poètes, les explorateurs, les conquistadors. Tout le passé du Portugal, faute d'armée et de canons, barrait la route. Oserait-on l'écraser dans son héritage d'un passé grandiose ?

J'errais ainsi chaque soir avec mélancolie à travers les réussites de cette exposition d'un goût extrême, où tout frôlait la perfection, jusqu'à la musique si discrète, choisie avec tant de tact, et qui, sur les jardins, coulait doucement, sans éclat, comme un simple chant de fontaine. Allait-on détruire dans le monde ce goût merveilleux de la mesure ?

Et je trouvais Lisbonne, sous son sourire, plus triste que mes villes éteintes.

J'ai connu, vous avez peut-être connu,

ces familles un peu bizarres qui conservaient à leur table la place d'un mort. Elles niaient l'irréparable. Mais il ne me semblait pas que ce défi fût consolant. Des morts on doit faire des morts. Alors ils retrouvent, dans leur rôle de morts, une autre forme de présence. Mais ces familles-là suspendaient leur retour. Elles en faisaient d'éternels absents, des convives en retard pour l'éternité. Elles troquaient le deuil contre une attente sans contenu. Et ces maisons me paraissaient plongées dans un malaise sans rémission autrement étouffant que le chagrin. Du pilote Guillaumet, le dernier ami que j'ai perdu et qui s'est fait abattre en service postal aérien, mon Dieu! j'ai accepté de porter le deuil. Guillaumet ne changera plus. Il ne sera plus jamais présent, mais il ne sera jamais absent non plus. J'ai sacrifié son couvert à ma table, ce piège inutile, et j'ai fait de lui un véritable ami mort.

Mais le Portugal essayait de croire au bonheur, lui laissant son couvert et ses lampions et sa musique. On jouait au bonheur, à Lisbonne, afin que Dieu voulût bien y croire.

Lisbonne devait aussi son climat de tristesse à la présence de certains réfugiés. Je ne parle pas des proscrits à la recherche d'un asile. Je ne parle pas d'immigrants en quête d'une terre à féconder par leur travail. Je parle de ceux qui s'expatriaient loin de la misère des leurs pour mettre à l'abri leur argent.

N'ayant pu me loger dans la ville même, j'habitais Estoril auprès du casino. Je sortais d'une guerre dense : mon Groupe aérien, qui durant neuf mois n'avait jamais interrompu ses survols de l'Allemagne, avait encore perdu, au cours de la seule offensive allemande, les trois quarts de ses équipages. J'avais connu, de retour chez moi, la morne atmosphère de l'esclavage et la menace de la famine. J'avais vécu la nuit épaisse de nos villes. Et voici qu'à deux pas de chez moi, chaque soir, le casino d'Estoril se peuplait de revenants. Des Cadillac silencieuses, qui faisaient semblant d'aller quelque part, les déposaient sur le sable fin du porche d'entrée. Ils s'étaient habillés pour le dîner, comme autrefois. Ils montraient leur plastron ou leurs perles. Ils s'étaient invités les uns les autres pour des repas de figurants, où ils n'auraient rien à se dire.

Puis ils jouaient à la roulette ou au baccara selon les fortunes. J'allais parfois les regarder. Je ne ressentais ni indignation ni sentiment d'ironie, mais une vague angoisse. Celle qui vous trouble au zoo devant les survivants d'une espèce éteinte. Ils s'installaient autour des tables. Ils se serraient contre un croupier austère et s'évertuaient à éprouver l'espoir, le désespoir, la crainte, l'envie et la jubilation. Comme des vivants. Ils jouaient des fortunes qui, peut-être, à cette minute même, étaient vidées de significations. Ils usaient de monnaies peut-être périmées. Les valeurs de leurs coffres étaient peut-être garanties par des usines déjà confisquées ou, menacées qu'elles étaient par les torpilles aériennes, déjà en voie d'écrasement. Ils tiraient des traites sur Sirius. Ils s'efforçaient de croire, en se renouant au passé, comme si rien depuis un certain nombre de mois n'avait commencé de craquer sur terre, à la légitimité de leur fièvre, à la couverture de leurs chèques, à l'éternité de leurs conventions. C'était irréel. Ça faisait ballet de poupées. Mais c'était triste.

Sans doute n'éprouvaient-ils rien. Je les abandonnais. J'allais respirer au bord de la mer. Et cette mer d'Estoril, mer de ville d'eaux, mer apprivoisée, me semblait aussi entrer dans le jeu. Elle poussait dans le golfe une unique vague molle, toute luisante de lune, comme une robe à traîne hors de saison.

Je les retrouvai sur le paquebot, mes réfugiés. Ce paquebot répandait, lui aussi, une légère angoisse. Ce paquebot transbordait, d'un continent à l'autre, ces plantes sans racines. Je me disais : « Je veux bien être un voyageur, je ne veux pas être un émigrant. J'ai appris tant de choses chez moi qui ailleurs seront inutiles. » Mais voici que mes émigrants sortaient de leur poche leur petit carnet d'adresses, leurs débris d'identité. Ils jouaient encore à être quelqu'un. Ils se raccrochaient de toutes leurs forces à quelque signification. « Vous savez, je suis celui-là, disaient-ils... je suis de telle ville... l'ami d'un tel... connaissez-vous un tel ? »

Et ils vous racontaient l'histoire d'un copain, ou l'histoire d'une responsabilité, ou l'histoire d'une faute ou n'importe quelle autre histoire qui les pût relier à n'importe quoi. Mais rien de ce passé, puisqu'ils s'expatriaient, n'allait plus leur servir. C'était encore tout chaud, tout frais, tout vivant, comme le sont d'abord les souvenirs d'amour. On fait un paquet des lettres tendres. On y joint quelques souvenirs. On noue le tout avec beaucoup de soin. Et la relique d'abord développe un charme mélancolique. Puis passe une blonde aux yeux bleus, et la relique meurt. Car le copain aussi, la responsabilité, la ville natale, les souvenirs de la maison se décolorent, s'ils ne servent plus.

Ils le sentaient bien. De même que Lisbonne jouait au bonheur, ils jouaient à croire qu'ils allaient bientôt revenir. Elle est douce, l'absence de l'enfant prodigue ! C'est une fausse absence puisque, en arrière de lui, la maison familiale demeure. Que l'on soit absent dans la pièce voisine, ou sur l'autre versant de la planète, la différence n'est pas essentielle. La présence de l'ami qui en apparence s'est éloigné, peut se faire plus dense qu'une présence réelle. C'est celle de la prière. Jamais je n'ai mieux aimé ma maison que dans le Sahara. Jamais fiancés n'ont été plus proches de leur fiancée que les marins bretons du XVIe siècle, quand ils doublaient le cap Horn, et vieillissaient contre le mur des vents contraires. Dès le départ ils commençaient déjà de revenir. C'est leur retour qu'ils préparaient de leurs lourdes mains en hissant les voiles. Le chemin le plus court du port de Bretagne à la maison de la fiancée passait par le cap Horn. Mais voici que mes émigrants m'apparaissaient comme des marins bretons auxquels on eût enlevé la fiancée bretonne. Aucune fiancée bretonne n'allumait plus pour eux, à sa fenêtre, son humble lampe. Ils n'étaient point des enfants prodigues. Ils étaient des enfants prodigues sans maison vers quoi revenir. Alors commence le vrai voyage, qui est hors de soi-même.

Comment se reconstruire. Comment refaire en soi le lourd écheveau de souvenirs ? Ce bateau fantôme était chargé, comme les limbes, d'âmes à naître. Seuls paraissaient réels, si réels qu'on les eût aimé toucher du doigt, ceux qui, intégrés au navire et ennoblis par de véritables fonctions, portaient les plateaux, astiquaient les cuivres, ciraient les chaussures, et, avec un vague mépris, servaient des morts. Ce n'est point la pauvreté qui valait aux émigrants ce léger dédain du personnel. Ce n'est point d'argent qu'ils manquaient, mais de densité. Ils n'étaient plus l'homme de telle maison, de tel ami, de telle responsabilité. Ils jouaient le rôle, mais ce n'était plus vrai. Personne n'avait besoin d'eux, personne ne s'apprêtait à faire appel à eux. Quelle merveille que ce télégramme qui vous bouscule, vous fait lever au milieu de la nuit, vous pousse vers la gare : « Accours ! J'ai besoin de toi ! » Nous nous découvrons vite des amis qui nous aident. Nous méritons lentement ceux qui exigent d'être aidés. Certes, mes revenants, personne ne les haïssait, personne ne les jalousait, personne ne les importunait. Mais personne ne les aimait du seul amour qui comptât. Je me disais : ils seront pris, dès l'arrivée, dans les cocktails de bienvenue, les dîners de consolation. Mais qui ébranlera leur porte en exigeant d'être reçu : « Ouvre ! C'est moi ! » Il faut allaiter longtemps un enfant avant qu'il exige. Il faut longtemps cultiver un ami avant qu'il réclame son dû d'amitié. Il faut s'être ruiné durant des générations à réparer le vieux château qui croule, pour apprendre à l'aimer.

II

Je me disais donc : « L'essentiel est que demeure quelque part ce dont on a vécu. Et les coutumes. Et la fête de famille. Et la maison des souvenirs. L'essentiel est de vivre pour le retour... » Et je me sentais menacé dans ma substance même par la fragilité des pôles lointains dont je dépendais. Je risquais de connaître un désert véritable, et commençai de comprendre un mystère qui m'avait longtemps intrigué.

J'ai vécu trois années dans le Sahara. J'ai rêvé, moi aussi, après tant d'autres, sur sa magie. Quiconque a connu la vie saharienne, où tout, en apparence, n'est que solitude et dénuement, pleure cependant ces années-là comme les plus belles qu'il ait vécues. Les mots « nostalgie du sable, nostalgie de la solitude, nostalgie de l'espace » ne sont que formules littéraires, et n'expliquent rien. Or voici que, pour la première fois, à bord d'un paquebot grouillant de passagers entassés les uns sur les autres, il me semblait comprendre le désert.

Certes le Sahara n'offre, à perte de vue, qu'un sable uniforme, ou plus exactement, car les dunes y sont rares, une grève caillouteuse. On y baigne en permanence dans les conditions mêmes de l'ennui. Et cependant d'invisibles divinités lui bâtissent un réseau de directions, de pentes et de signes, une musculature secrète et vivante. Il n'est plus d'uniformité. Tout s'oriente. Un silence même n'y ressemble pas à l'autre silence.

Il est un silence de la paix quand les tribus sont conciliées, quand le soir ramène sa fraîcheur et qu'il semble que l'on fasse halte, voiles repliées, dans un port tranquille. Il est un silence de midi quand le soleil suspend les pensées et les mouvements. Il est un faux silence, quand le vent du nord a fléchi et que l'apparition d'insectes, arrachés comme du pollen aux oasis de l'intérieur, annonce la tempête d'est porteuse de sable. Il est un silence de complot, quand on connaît, d'une tribu lointaine, qu'elle fermente. Il est un silence du mystère, quand se nouent entre les Arabes leurs indéchiffrables conciliabules. Il est un silence tendu quand le messager tarde à revenir. Un silence aigu quand, la nuit, on retient son souffle pour entendre. Un silence mélancolique, si l'on se souvient de qui l'on aime.

Tout se polarise. Chaque étoile fixe une direction véritable. Elles sont toutes étoiles de Mages. Elles servent toutes leur propre dieu. Celle-ci désigne la direction d'un puits lointain, dur à gagner. Et l'étendue qui vous sépare de ce puits pèse comme un rempart. Celle-là désigne la direction d'un puits tari. Et l'étoile elle-même paraît sèche. Et l'étendue qui vous sépare du puits tari n'a point de pente. Telle autre étoile sert de guide vers une oasis inconnue que les nomades vous ont chantée, mais que la dissidence vous interdit. Et le sable qui vous sépare de l'oasis est pelouse de contes de fées. Telle autre encore désigne la direction d'une ville blanche du Sud, savoureuse, semble-t-il, comme un fruit où planter les dents. Telle, de la mer.

Enfin des pôles presque irréels aimantent de très loin ce désert : une maison d'enfance qui demeure vivante dans le souvenir. Un ami dont on ne sait rien, sinon qu'il est.

Ainsi vous sentez-vous tendu et vivifié par le champ des forces qui tirent sur vous ou vous repoussent, vous sollicitent ou vous résistent. Vous voici bien fondé, bien déterminé, bien installé au centre de directions cardinales.

Et comme le désert n'offre aucune richesse tangible, comme il n'est rien à voir ni à entendre dans le désert, on est bien contraint de reconnaître, puisque la vie intérieure loin de s'y endormir s'y fortifie, que l'homme est animé d'abord par des sollicitations invisibles. L'homme est gouverné par l'Esprit. Je vaux, dans le désert, ce que valent mes divinités.

Ainsi, si je me sentais riche, à bord de mon paquebot triste, de directions encore fertiles, si j'habitais une planète encore vivante, c'était grâce à quelques amis perdus en arrière de moi dans la nuit de France, et qui commençaient de m'être essentiels.

La France, décidément, n'était pour moi ni une déesse abstraite ni un concept d'historien, mais bien une chair dont je dépendais, un réseau de liens qui me régissait, un ensemble de pôles qui fondait les pentes de mon cœur. J'éprouvais le besoin de sentir plus solides et plus durables que moi-même ceux dont j'avais besoin pour m'orienter. Pour connaître où revenir. Pour exister.

En eux mon pays logeait tout entier et vivait par eux en moi-même. Pour qui navigue en mer un continent se résume ainsi dans le simple éclat de quelques phares. Un phare ne mesure point l'éloignement. Sa lumière est présente dans les yeux, tout simplement. Et toutes les merveilles du continent logent dans l'étoile.

Et voici qu'aujourd'hui où la France, à la suite de l'occupation totale, est entrée en bloc dans le silence avec sa cargaison, comme un navire tous feux éteints dont on ignore s'il survit ou non aux périls de mer, le sort de chacun de ceux que j'aime me tourmente plus gravement qu'une maladie installée en moi. Je me découvre menacé dans mon essence par leur fragilité.

Celui qui, cette nuit-ci, hante ma mémoire est âgé de cinquante ans. Il est malade. Et il est juif. Comment survivrait-il à la terreur allemande ? Pour imaginer qu'il respire encore j'ai besoin de le croire ignoré de l'envahisseur, abrité en secret par le beau rempart de silence des paysans de son village. Alors seulement je crois qu'il vit encore. Alors seulement, déambulant au loin dans l'empire de son amitié, lequel n'a point de frontières, il m'est permis de me sentir non émigrant, mais voyageur. Car le désert n'est pas là où l'on croit. Le Sahara est plus vivant qu'une capitale et la ville la plus grouillante se vide si les pôles essentiels de la vie sont désaimantés.

III

Comment la vie construit-elle donc ces lignes de force dont nous vivons? D'où vient le poids qui me tire vers la maison de cet ami? Quels sont donc les instants capitaux qui ont fait cette présence l'un des pôles dont j'ai besoin? De quels événements secrets sont donc pétries les tendresses particulières et, à travers elles, l'amour du pays?

Les miracles véritables, qu'ils font peu de bruit! Les événements essentiels, qu'ils sont simples! Sur l'instant que je veux raconter, il est si peu à dire qu'il me faut le revivre en rêve, et parler à cet ami.

C'était par une journée d'avant-guerre, sur les bords de la Saône, du côté de Tournus. Nous avions choisi, pour déjeuner, un restaurant dont le balcon de planche surplombait la rivière. Accoudés à une table toute simple, gravée au couteau par les clients, nous avions commandé deux Pernod. Ton médecin t'interdisait l'alcool, mais tu trichais dans les grandes occasions. C'en était une. Nous ne savions pourquoi, mais c'en était une. Ce qui nous réjouissait était plus impalpable que la qualité de la lumière. Tu avais donc décidé ce Pernod des grandes occasions. Et, comme deux mariniers, à quelques pas de nous, déchargeaient un chaland, nous avons invité les mariniers. Nous les avons hélés du haut du balcon. Et ils sont venus. Ils sont venus tout simplement. Nous avions trouvé si naturel d'inviter des copains, à cause peut-être de cette invisible fête en nous. Il était tellement évident qu'ils répondraient au signe. Nous avons donc trinqué !

Le soleil était bon. Son miel tiède baignait les peupliers de l'autre berge, et la plaine jusqu'à l'horizon. Nous étions de plus en plus gais, toujours sans connaître pourquoi. Le soleil rassurait de bien éclairer, le fleuve de couler, le repas d'être le repas, les mariniers d'avoir répondu à l'appel, la servante de nous servir avec une sorte de gentillesse heureuse, comme si elle eût présidé une fête éternelle. Nous étions pleinement en paix, bien insérés à l'abri du désordre dans une civilisation définitive. Nous goûtions une sorte d'état parfait où, tous les souhaits étant exaucés, nous n'avions plus rien à nous confier. Nous nous sentions purs, droits, lumineux et indulgents. Nous n'eussions pas su dire quelle vérité nous apparaissait dans son évidence. Mais le sentiment qui nous dominait était bien celui de la certitude. D'une certitude presque orgueilleuse.

Ainsi l'univers, à travers nous, prouvait sa bonne volonté. La condensation des nébuleuses, le durcissement des planètes, la formation des premières amibes, le travail gigantesque de la vie qui achemina l'amibe jusqu'à l'homme, tout avait convergé heureusement pour aboutir, à travers nous, à cette qualité du plaisir! Ce n'était pas si mal, comme réussite.

Ainsi savourions-nous cette entente muette et ces rites presque religieux. Bercés par le va-et-vient de la servante sacerdotale, les mariniers et nous trinquions comme les fidèles d'une même Église, bien que nous n'eussions su dire laquelle. L'un des deux mariniers était hollandais. L'autre, allemand. Celui-ci avait autrefois fui le nazisme, poursuivi qu'il était là-bas comme communiste, ou comme trotskyste, ou comme catholique, ou comme juif. (Je ne me souviens plus de l'étiquette au nom de laquelle l'homme était proscrit.) Mais à cet instant-là le marinier était bien autre chose qu'une étiquette. C'est le contenu qui comptait. La pâte humaine. Il était un ami, tout simplement. Et nous étions d'accord, entre amis. Tu étais d'accord. J'étais d'accord. Les mariniers et la servante étaient d'accord. D'accord sur quoi? Sur le Pernod? Sur la signification de la vie? Sur la douceur de la journée? Nous n'eussions pas su, non plus, le dire. Mais cet accord était si plein, si solidement établi en profondeur, il portait sur une bible si évidente dans sa substance, bien qu'informulable par les mots, que nous eussions volontiers accepté de fortifier ce pavillon, d'y soutenir un siège, et d'y mourir derrière des mitrailleuses pour sauver cette substance-là.

Quelle substance?... C'est bien ici qu'il est difficile de s'exprimer! Je risque de ne capturer que des reflets, non l'essentiel.

Les mots insuffisants laisseront fuir ma vérité. Je serai obscur si je prétends que nous aurions aisément combattu pour sauver une certaine qualité du sourire des mariniers, et de ton sourire et de mon sourire, et du sourire de la servante, un certain miracle de ce soleil qui s'était donné tant de mal, depuis tant de millions d'années pour aboutir, à travers nous, à la qualité d'un sourire qui était assez bien réussi.

L'essentiel, le plus souvent, n'a point de poids. L'essentiel ici, en apparence, n'a été qu'un sourire. Un sourire est souvent l'essentiel. On est payé par un sourire. On est récompensé par un sourire. On est animé par un sourire. Et la qualité d'un sourire peut faire que l'on meure. Cependant, puisque cette qualité nous délivrait si bien de l'angoisse des temps présents, nous accordait la certitude, l'espoir, la paix, j'ai aujourd'hui besoin, pour tenter de m'exprimer mieux, de raconter aussi l'histoire d'un autre sourire.

IV

C'était au cours d'un reportage sur la guerre civile en Espagne. J'avais eu l'imprudence d'assister en fraude, vers trois heures du matin, à un embarquement de matériel secret dans une gare de marchandises. L'agitation des équipes et une certaine obscurité semblaient favoriser mon indiscrétion. Mais je parus suspect à des miliciens anarchistes.

Ce fut très simple. Je ne soupçonnais rien encore de leur approche élastique et silencieuse, quand déjà ils se refermaient sur moi, doucement, comme les doigts d'une main. Le canon de leur carabine passa légèrement contre mon ventre et le silence me parut solennel. Je levai enfin les bras.

J'observai qu'ils fixaient, non mon visage, mais ma cravate (la mode d'un faubourg anarchiste déconseillait cet objet d'art). Ma chair se contracta. J'attendais la décharge, c'était l'époque des jugements expéditifs. Mais il n'y eut aucune décharge. Après quelques secondes d'un vide absolu, au cours desquelles les équipes au travail me semblèrent danser dans un autre univers une sorte de ballet de rêve, mes anarchistes, d'un léger mouvement de tête, me firent signe de les précéder, et nous nous mîmes en marche, sans hâte, à travers les voies de triage. La capture s'était faite dans un silence parfait, et avec une extraordinaire économie de mouvements. Ainsi joue la faune sous-marine.

Je m'enfonçai bientôt vers un sous-sol transformé en poste de garde. Mal éclairés par une mauvaise lampe à pétrole, d'autres miliciens somnolaient, leur carabine entre les jambes. Ils échangèrent quelques mots, d'une voix neutre, avec les hommes de ma patrouille. L'un d'eux me fouilla.

Je parle l'espagnol, mais ignore le catalan. Je compris cependant que l'on exigeait mes papiers. Je les avais oubliés à l'hôtel. Je répondis : « Hôtel... Journaliste... » sans connaître si mon langage transportait quelque chose. Les miliciens se passèrent de main en main mon appareil photographique comme une pièce à conviction. Quelques-uns de ceux qui bâillaient, affaissés sur leurs chaises bancales, se relevèrent avec une sorte d'ennui et s'adossèrent au mur.

Car l'impression dominante était celle de l'ennui. De l'ennui et du sommeil. Le pouvoir d'attention de ces hommes était usé, me semblait-il, jusqu'à la corde. J'eusse presque souhaité, comme un contact humain, une marque d'hostilité.

Mais ils ne m'honoraient d'aucun signe de colère ni même de réprobation. Je tentai à plusieurs reprises de protester en espagnol. Mes protestations tombèrent dans le vide. Ils me regardèrent sans réagir, comme ils eussent regardé un poisson chinois dans un aquarium.

Ils attendaient. Qu'attendaient-ils? Le retour de l'un d'entre eux? L'aube? Je me disais : « Ils attendent, peut-être, d'avoir faim... »

Je me disais encore : « Ils vont faire une bêtise! C'est absolument ridicule!... » Le sentiment que j'éprouvais — bien plus qu'un sentiment d'angoisse — était le dégoût de l'absurde. Je me disais : « S'ils se dégèlent, s'ils veulent agir, ils tireront! »

Étais-je, oui ou non, véritablement en danger? Ignoraient-ils toujours que j'étais, non un saboteur, non un espion, mais un journaliste? Que mes papiers d'identité se trouvaient à l'hôtel ? Avaient-ils pris une décision ? Laquelle ?

Je ne connaissais rien sur eux, sinon qu'ils fusillaient sans grands débats de conscience. Les avant-gardes révolution-naires, de quelque parti qu'elles soient, font la chasse, non aux hommes (elles ne pèsent pas l'homme dans sa substance), mais aux symptômes. La vérité adverse leur apparaît comme une maladie épi-démique. Pour un symptôme douteux on expédie le contagieux au lazaret d'isole-ment. Le cimetière. C'est pourquoi me semblait sinistre cet interrogatoire qui tombait sur moi par monosyllabes vagues, de temps à autre, et dont je ne comprenais rien. Une roulette aveugle jouait ma peau. C'est pourquoi aussi j'éprouvais l'étrange besoin, afin de peser d'une présence réelle, de leur crier, sur moi, quelque chose qui m'im-posât dans ma destinée véritable. Mon âge par exemple ! Ça, c'est impressionnant, l'âge d'un homme ! Ça résume toute sa vie. Elle s'est faite lentement, la maturité qui est sienne. Elle s'est faite contre tant d'obstacles vaincus, contre tant de maladies graves guéries, contre tant de peines calmées, contre tant de désespoirs surmontés, contre tant de risques dont la plupart ont échappé à la conscience. Elle s'est faite à travers tant de désirs, tant d'espérances, tant de regrets, tant d'oublis, tant d'amour. Ça représente une belle cargaison d'expériences et de souvenirs, l'âge d'un homme ! Malgré les pièges, les cahots, les ornières, on a tant bien que mal continué d'avancer, cahin-caha, comme un bon tombereau. Et maintenant, grâce à une convergence obstinée de chances heureuses, on en est là. On a trente-sept ans. Et le bon tombereau, s'il plaît à Dieu, emportera plus loin encore sa cargaison de souvenirs. Je me disais donc : « Voilà où j'en suis. J'ai trente-sept ans... »

J'eusse aimé alourdir mes juges de cette confidence... mais ils ne m'interrogeaient plus.

C'est alors qu'eut lieu le miracle. Oh ! un miracle très discret. Je manquais de cigarettes. Comme l'un de mes geôliers fumait, je le priai, d'un geste, de m'en céder une, et ébauchai un vague sourire. L'homme s'étira d'abord, passa lentement la main sur son front, leva les yeux dans la direction, non plus de ma cravate, mais de mon visage et, à ma grande stupéfaction, ébaucha, lui aussi, un sourire. Ce fut comme le lever du jour.

Ce miracle ne dénoua pas le drame, il l'effaça tout simplement, comme la lumière, l'ombre. Aucun drame n'avait plus eu lieu. Ce miracle ne modifia rien qui fût visible. La mauvaise lampe à pétrole, une table aux papiers épars, les hommes adossés au mur, la couleur des objets, l'odeur, tout persista. Mais toute chose fut transformée dans sa substance même. Ce sourire me délivrait. C'était un signe aussi définitif, aussi évident dans ses conséquences prochaines, aussi irréversible que l'apparition du soleil. Il ouvrait une ère neuve. Rien n'avait changé, tout était changé. La table aux papiers épars devenait vivante. La lampe à pétrole devenait vivante. Les murs étaient vivants. L'ennui suinté par les objets morts de cette cave s'allégeait par enchantement. C'était comme si un sang invisible eût recommencé de circuler, renouant toutes choses dans un même corps, et leur restituant une signification.

Les hommes non plus n'avaient pas bougé, mais, alors qu'ils m'apparaissaient une seconde plus tôt comme plus éloignés de moi qu'une espèce antédiluvienne, voici qu'ils naissaient à une vie proche. J'éprouvais une extraordinaire sensation de présence. C'est bien ça : de présence ! Et je sentais ma parenté.

Le garçon qui m'avait souri, et qui,

une seconde plus tôt, n'était qu'une fonction, un outil, une sorte d'insecte monstrueux, voici qu'il se révélait un peu gauche, presque timide, d'une timidité merveilleuse. Non qu'il fût moins brutal qu'un autre, ce terroriste ! mais l'avènement de l'homme en lui éclairait si bien sa part vulnérable ! On prend de grands airs, nous les hommes, mais on connaît, dans le secret du cœur, l'hésitation, le doute, le chagrin...

Rien encore n'avait été dit. Cependant tout était résolu. Je posai la main, en remerciement, sur l'épaule du milicien, quand il me tendit ma cigarette. Et comme, cette glace une fois rompue, les autres miliciens, eux aussi, redevenaient hommes, j'entrai dans leur sourire à tous comme dans un pays neuf et libre.

J'entrai dans leur sourire comme, autrefois, dans le sourire de nos sauveteurs du Sahara. Les camarades nous ayant retrouvés après des journées de recherches, ayant atterri le moins loin possible, marchaient vers nous à grandes enjambées, en balançant bien visiblement, à bout de bras, les outres d'eau. Du sourire des sauveteurs si j'étais naufragé, du sourire des naufragés, si j'étais sauveteur, je me souviens aussi comme d'une patrie où je me sentais tellement heureux. Le plaisir véritable est plaisir de convive. Le sauvetage n'était que l'occasion de ce plaisir. L'eau n'a point le pouvoir d'enchanter, si elle n'est d'abord cadeau de la bonne volonté des hommes.

Les soins accordés au malade, l'accueil offert au proscrit, le pardon même ne valent que grâce au sourire qui éclaire la fête. Nous nous rejoignons dans le sourire au-dessus des langages, des castes, des partis. Nous sommes les fidèles d'une même Église, tel et ses coutumes, moi et les miennes.

V

Cette qualité de la joie n'est-elle pas le fruit le plus précieux de la civilisation qui est nôtre ? Une tyrannie totalitaire pourrait nous satisfaire, elle aussi, dans nos besoins matériels. Mais nous ne sommes pas un bétail à l'engrais. La prospérité et le confort ne sauraient suffire à nous combler. Pour nous qui fûmes élevés dans le culte du respect de l'homme, pèsent lourd les simples rencontres qui se changent parfois en fêtes merveilleuses...

Respect de l'homme ! Respect de l'homme !... Là est la pierre de touche ! Quand le naziste respecte exclusivement qui lui ressemble, il ne respecte rien que soi-même. Il refuse les contradictions créatrices, ruine tout espoir d'ascension, et fonde pour mille ans, en place d'un homme, le robot d'une termitière. L'ordre pour l'ordre châtre l'homme de son pouvoir essentiel, qui est de transformer et le monde et soi-même. La vie crée l'ordre, mais l'ordre ne crée pas la vie.

Il nous semble, à nous, bien au contraire, que notre ascension n'est pas achevée, que la vérité de demain se nourrit de l'erreur d'hier, et que les contradictions à surmonter sont le terreau même de notre croissance. Nous reconnaissons comme nôtres ceux mêmes qui diffèrent de nous. Mais quelle étrange parenté ! elle se fonde sur l'avenir, non sur le passé. Sur le but, non sur l'origine. Nous sommes l'un pour l'autre des pèlerins qui, le long de chemins divers, peinons vers le même rendez-vous.

Mais voici qu'aujourd'hui le respect de

l'homme, condition de notre ascension, est en péril. Les craquements du monde moderne nous ont engagés dans les ténèbres. Les problèmes sont incohérents, les solutions contradictoires. La vérité d'hier est morte, celle de demain est encore à bâtir. Aucune synthèse valable n'est entrevue, et chacun d'entre nous ne détient qu'une parcelle de la vérité. Faute d'évidence qui les impose, les religions politiques font appel à la violence. Et voici qu'à nous diviser sur les méthodes, nous risquons de ne plus reconnaître que nous nous hâtons vers le même but.

Le voyageur qui franchit sa montagne dans la direction d'une étoile, s'il se laisse trop absorber par ses problèmes d'escalade, risque d'oublier quelle étoile le guide. S'il n'agit plus que pour agir, il n'ira nulle part. La chaisière de cathédrale, à se préoccuper trop âprement de la location de ses chaises, risque d'oublier qu'elle sert un dieu. Ainsi à m'enfermer dans quelque passion partisane, je risque d'oublier qu'une politique n'a de sens qu'à condition d'être au service d'une évidence spirituelle. Nous avons goûté, aux heures de miracle, une certaine qualité des relations humaines : là est pour nous la vérité.

Quelle que soit l'urgence de l'action il nous est interdit d'oublier, faute de quoi cette action demeurera stérile, la vocation qui doit la commander. Nous voulons fonder le respect de l'homme. Pourquoi nous haïrions-nous à l'intérieur d'un même camp? Aucun d'entre nous ne détient le monopole de la pureté d'intention. Je puis combattre, au nom de ma route, telle route qu'un autre a choisie. Je puis critiquer les démarches de sa raison. Les démarches de la raison sont incertaines. Mais je dois respecter cet homme, sur le plan de l'Esprit, s'il peine vers la même étoile.

Respect de l'Homme ! Respect de l'Homme !... Si le respect de l'homme est fondé dans le cœur des hommes, les hommes finiront bien par fonder en retour le système social, politique ou économique qui consacrera ce respect. Une civilisation se fonde d'abord dans la substance. Elle est d'abord, dans l'homme, désir aveugle d'une certaine chaleur. L'homme ensuite, d'erreur en erreur, trouve le chemin qui conduit au feu.

VI

C'est sans doute pourquoi, mon ami, j'ai un tel besoin de ton amitié. J'ai soif d'un compagnon qui, au-dessus des litiges de la raison, respecte en moi le pèlerin de ce feu-là. J'ai besoin de goûter quelquefois, par avance, la chaleur promise, et de me reposer, un peu au-delà de moi-même, en ce rendez-vous qui sera nôtre.

Je suis si las des polémiques, des exclusives, des fanatismes ! Je puis entrer chez toi sans m'habiller d'un uniforme, sans me soumettre à la récitation d'un Coran, sans renoncer à quoi que ce soit de ma patrie intérieure. Auprès de toi je n'ai pas à me disculper, je n'ai pas à plaider, je n'ai pas à prouver; je trouve la paix, comme à Tournus. Au-dessus de mes mots maladroits, au-dessus des raisonnements qui me peuvent tromper, tu considères en moi simplement l'Homme. Tu honores en moi l'ambassadeur de croyances, de coutumes, d'amours particulières. Si je diffère de toi, loin de te léser, je t'augmente. Tu m'interroges comme l'on interroge le voyageur.

Moi qui éprouve, comme chacun, le besoin d'être reconnu, je me sens pur en toi et vais à toi. J'ai besoin d'aller là où je suis pur. Ce ne sont point mes formules ni mes démarches qui t'ont jamais instruit sur qui je suis. C'est l'acceptation de qui je suis qui t'a fait, au besoin, indulgent à ces démarches comme à ces formules. Je te sais gré de me recevoir tel que me voici. Qu'ai-je à faire d'un ami qui me juge? Si j'accueille un ami à ma table, je le prie de s'asseoir, s'il boite, et ne lui demande pas de danser.

Mon ami, j'ai besoin de toi comme d'un sommet où l'on respire ! J'ai besoin de m'accouder auprès de toi, une fois encore, sur les bords de la Saône, à la table d'une petite auberge de planches disjointes, et d'y inviter deux mariniers, en compagnie desquels nous trinquerons dans la paix d'un sourire semblable au jour.

Si je combats encore je combattrai un peu pour toi. J'ai besoin de toi pour mieux croire en l'avènement de ce sourire. J'ai besoin de t'aider à vivre. Je te vois si faible, si menacé, traînant tes cinquante ans, des heures durant, pour subsister un jour de plus, sur le trottoir de quelque épicerie pauvre, grelottant à l'abri précaire d'un manteau râpé. Toi si Français, je te sens deux fois en péril de mort, parce que Français, et parce que juif. Je sens tout le prix d'une communauté qui n'autorise plus les litiges. Nous sommes tous de France comme d'un arbre, et je servirai ta vérité comme tu eusses servi la mienne. Pour nous, Français du dehors, il s'agit, dans cette guerre, de débloquer la provision de semences gelée par la neige de la présence allemande. Il s'agit de vous secourir, vous de là-bas. Il s'agit de vous faire libres dans la terre où vous avez le droit fondamental de développer vos racines. Vous êtes quarante millions d'otages. C'est toujours dans les caves de l'oppression que se préparent les vérités nouvelles : quarante millions d'otages méditent là-bas leur vérité neuve. Nous nous soumettons, par avance, à cette vérité.

Car c'est bien vous qui nous enseignerez. Ce n'est pas à nous d'apporter la flamme spirituelle à ceux qui la nourrissent déjà de leur propre substance, comme d'une cire. Vous ne lirez peut-être guère nos livres. Vous n'écouterez peut-être pas nos discours. Nos idées, peut-être, les vomirez-vous. Nous ne fondons pas la France. Nous ne pouvons que la servir. Nous n'aurons droit, quoi que nous ayons fait, à aucune reconnaissance. Il n'est pas de commune mesure entre le combat libre et l'écrasement dans la nuit. Il n'est pas de commune mesure entre le métier de soldat et le métier d'otage. Vous êtes les saints.

COLLECTION FOLIO 2 €

Composition Bussière.
Impression Novoprint
à Barcelone, le 6 février 2019
Dépôt légal : février 2016
Premier dépôt légal dans la collection : septembre 2004

ISBN 978-2-07-031703-5./Imprimé en Espagne.

349377